JEAN-ÉTIENNE

LA NUIT DES LANTERNES

ÉDITIONS DELCOURT

Je remercie :
Côme pour sa confiance et sa bienveillance,
Élisabeth pour sa patience,
Ludo, Alex et Merwan pour leurs précieux conseils,
Greg et Anthony pour le chemin arpenté.
« On a marché sur la bulle » pour leur café bien chaud.
Amélie, ainsi que tous ceux et toutes celles qui ont cru en moi,
Jennifer et Maël pour leur amour.
Jean-Etienne

Éditeur : Côme Marchandeau

Dépôt légal : mars 2025. ISBN : 978-2-413-08155-5
Première édition

Conception graphique : Studio Delcourt/Soleil - Elisabeth Mombouyran

Achevé d'imprimer en décembre 2024
Sur les presses de l'imprimerie Delabie-Lesaffre, à Mouscron, Belgique

www.editions-delcourt.fr

CHAPITRE UN

ALORS, VOUS VOUS AMUSEZ BIEN ?
OUAIS, C'EST TROP BIEN, MAMAN !
AHAH ! TOUJOURS ENTHOUSIASTE, ERWAN !

ÉLOANE, ON NE T'ENTEND PAS BEAUCOUP DEPUIS TOUT À L'HEURE.
TU VAS BIEN ?
OUAIS ...
MAIS PAPA, IL RESTE AU PHARE ?
IL NOUS REJOINDRA QUAND IL SERA CALMÉ.
J'AURAIS PEUT-ÊTRE PAS DÛ LUI RÉPONDRE, IL NE SE SERAIT PAS ÉNERVÉ.
TA TA TA TA TA TA TA TA TA TA TA
TAM

BIENVENUE À TOUS !

JE SUIS HEUREUSE DE VOUS RETROUVER ICI, POUR HONORER L'ENTITÉ DES LANTERNES DE NOTRE ÎLE.
COMME LA COUTUME LE DEMANDE, NOUS ALLONS REPRODUIRE LE RITUEL DES LANTERNES.
VENEZ AU PIED DE LA STATUE ET APPORTEZ-LUI VOTRE LANTERNE ...
PENSEZ À TOUTES LES CHOSES QUE VOUS GARDEZ EN VOUS ET QUI VOUS BRÛLENT DE L'INTÉRIEUR.
ENSUITE, VOUS ...
?!
QU'EST-CE QUE C'EST QUE ÇA ?

IRÈNE. TU ES LÀ ?
ON A UNE URGENCE ! LE PHARE EST EN FEU !

LES ENFANTS, RESTEZ DANS LA VOITURE !
GENDARMERIE
BERNARD EST À L'ÉTAGE, ON N'A PAS RÉUSSI À L'ATTEINDRE.

AAAHHH !!!!
BERNARD !!
LES ENFANTS NE REGARDEZ PAS !
PAPA !!

BVV BVV
SALUT ! J'ARRIVE BIENTÔT.
ATTENDS, JE SORS.
Z Z Z
C'EST BON, ÇA ME PERMET DE PRENDRE L'AIR EN MÊME TEMPS.
BIEN SÛR QUE ÇA ME FAIT BIZARRE DE REVENIR APRÈS TOUT CE TEMPS.
NON, ON EN A DÉJÀ PARLÉ.

C'EST L'OCCASION D'ALLER DE L'AVANT.
TU AS DIT QUOI ?
JE COMMENCE À MAL CAPTER, ON NE DOIT PAS ÊTRE LOIN DE L'ÎLE.
OUI, Y A TOUJOURS PAS DE RÉSEAU DANS LE COIN ...
MAIS ILS ONT INTERNET, C'EST DÉJÀ ÇA !
FAUT QUE JE TE LAISSE.
BEEUUUHHH !!!
VOUS ALLEZ BIEN ?

ÇA FAIT UN MOMENT QUE JE N'AVAIS PAS PRIS LE BATEAU.
JE REDÉCOUVRE SES JOYEUX EFFETS SECONDAIRES.
AH, ÇA MADAME,
IL PARAÎT QUE LA MENTHE POIVRÉE OU LE GINGEMBRE PEUVENT AIDER.
J'AI L'IMPRESSION DE VOUS CONNAÎTRE.
VOUS ÊTES LA FILLE D'IRÈNE ET BERNARD ?
... OUAIS.
JE SUIS ÉLOANE.
J'EN ÉTAIS SÛR !
C'EST INCROYABLE COMME TU RESSEMBLES À TON PÈRE !
AH, C'ÉTAIT UN SACRÉ CARACTÈRE, CE BERNARD !

NOUS AVONS TOUS ÉTÉ ÉTONNÉS DE TON DÉPART.
LES COPAINS VONT PAS ME CROIRE QUAND JE VAIS LEUR DIRE QUE TU DÉBARQUES !
TU REVIENS VIVRE SUR L'ÎLE ?
JE... JE VOIS QUE TU AS ENCORE UN PEU LE MAL DE MER, JE VAIS TE LAISSER TRANQUILLE.
ÇA TOMBE BIEN, ON ARRIVE À DESTINATION.
L'ÎLE.

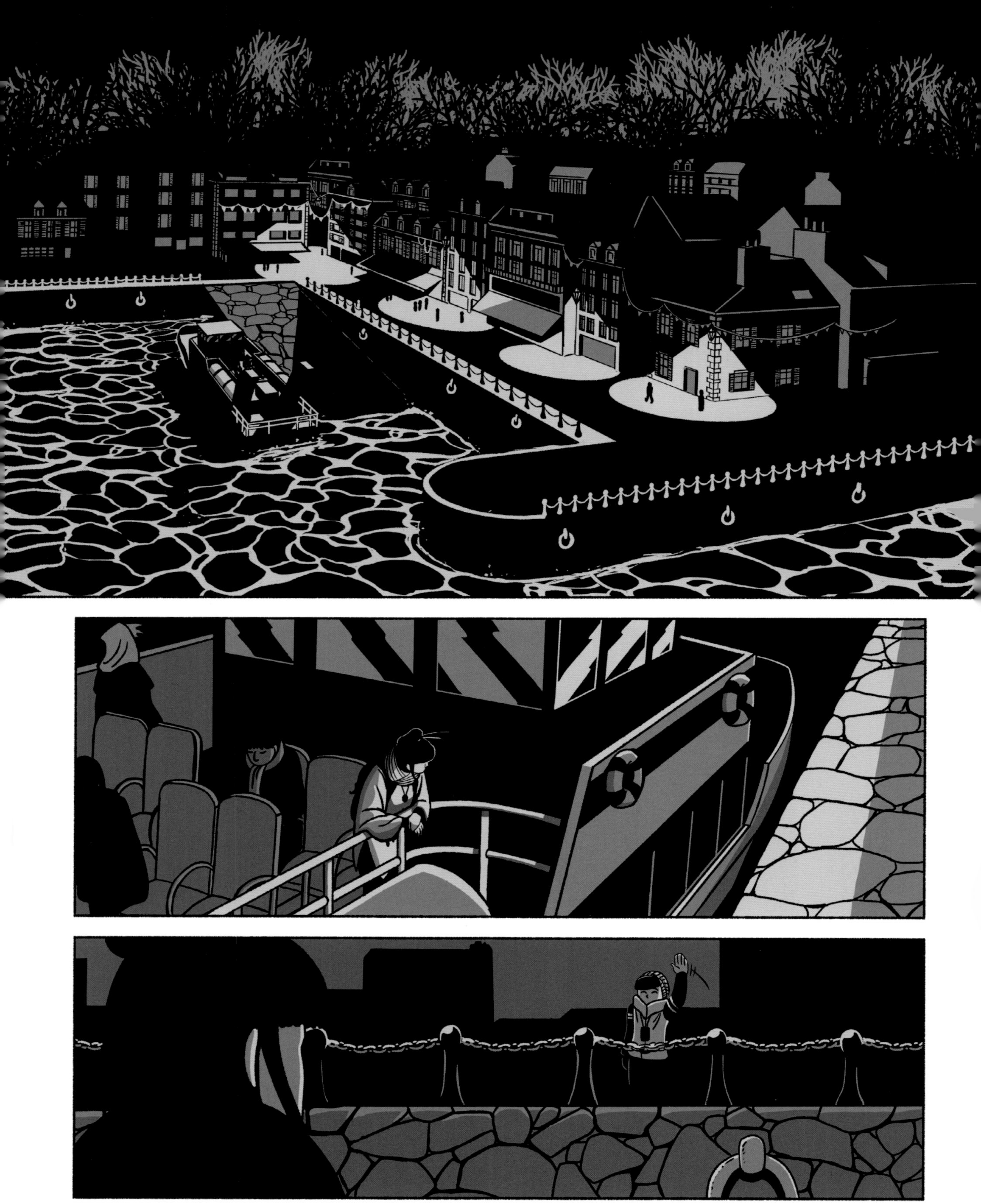

SALUT FRANGIN !
TROP CONTENTE DE TE VOIR.
TU ... T'ES VENU TOUT SEUL ?
MAMAN N'EST PAS LÀ ?
TAP
TAP
TAP
TAP
TAP
TAP
TAP
TU CONTINUES DE PARLER QU'AVEC TON TÉLÉPHONE ?

JE SUIS TROP CONTENT QUE TU SOIS REVENUE !
MAMAN N'A PAS RÉUSSI À SE LIBÉRER. ELLE AVAIT DU BOULOT.
MOUAIS ... C'EST VRAI, ELLE DOIT ÊTRE DÉBORDÉE EN CE MOMENT.
ALLEZ, DIRECTION LA MAISON.
DIRE QUE MAMAN NE ME CROYAIT PAS QUAND JE LUI DISAIS QUE TU ALLAIS REVENIR !
ELLE A ÉTÉ TROP SURPRISE QUAND JE LUI AI MONTRÉ NOS TEXTOS !
ELLE A ÉTÉ SURPRISE COMMENT ?
JE COMPRENDS PAS.
ÇA AVAIT L'AIR DE LUI FAIRE PLAISIR OU PAS ?
JE PENSE QU'ELLE ÉTAIT CONTENTE.
POURQUOI ELLE NE LE SERAIT PAS ?
POUR RIEN.

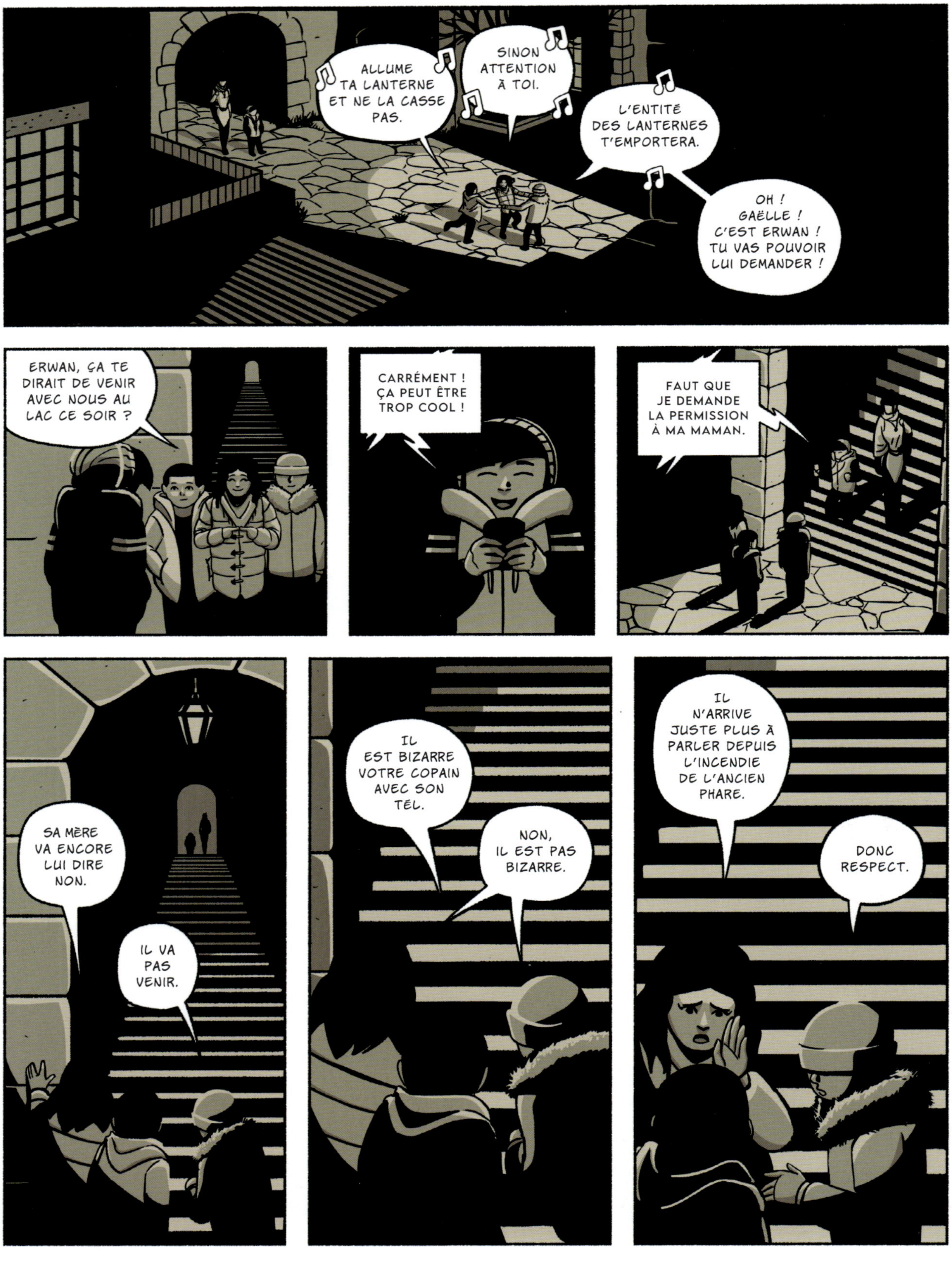
ALLUME TA LANTERNE ET NE LA CASSE PAS.
SINON ATTENTION À TOI.
L'ENTITÉ DES LANTERNES T'EMPORTERA.
OH ! GAËLLE ! C'EST ERWAN ! TU VAS POUVOIR LUI DEMANDER !
ERWAN, ÇA TE DIRAIT DE VENIR AVEC NOUS AU LAC CE SOIR ?
CARRÉMENT ! ÇA PEUT ÊTRE TROP COOL !
FAUT QUE JE DEMANDE LA PERMISSION À MA MAMAN.
SA MÈRE VA ENCORE LUI DIRE NON.
IL VA PAS VENIR.
IL EST BIZARRE VOTRE COPAIN AVEC SON TEL.
NON, IL EST PAS BIZARRE.
IL N'ARRIVE JUSTE PLUS À PARLER DEPUIS L'INCENDIE DE L'ANCIEN PHARE.
DONC RESPECT.

JE ME RAPPELAIS PLUS QU'ON MARCHAIT AUTANT ICI.

IL Y A LA VOITURE DE MAMAN. ELLE A DÛ RENTRER PLUS TÔT QUE PRÉVU.
MOUAIS… ÇA DOIT ÊTRE ÇA.
TU REPENSES À MONSIEUR COLÈRE ?
OUAIS.

DÉJÀ LÀ ?
ON VA POUVOIR Y ALLER.
SALUT MON CHÉRI.
ÉLOANE.
MAMAN.
ALORS, TU ES VENUE POUR LA CÉRÉMONIE ?
LA CÉRÉMONIE ...
OUAIS ...

GAËLLE M'A INVITÉ À LES REJOINDRE AU LAC.
EST-CE QUE JE PEUX Y ALLER APRÈS LE RITE ?
NON, HORS DE QUESTION. C'EST DANGEREUX.
EN PLUS, JE SUIS SÛRE QU'IL N'Y AURA PAS D'ADULTE POUR VOUS SURVEILLER.
VA PLUTÔT CHERCHER NOS LANTERNES.
JE PEUX ALLER AU LAC AVEC LUI.
NE T'EN MÊLE PAS !
JE NE M'EN MÊLE PAS !
JE DIS JUSTE, QUE JE PEUX LE SURVEILLER.
COMME ÇA, IL POURRA S'AMUSER AVEC SES POTES.
ÉLOANE, MA DÉCISION EST PRISE ! N'INSISTE PAS ! À PEINE REVENUE QUE TU COMMENCES DÉJÀ !
SI TU LE DIS ...

TA DÉSINVOLTURE NE ME SURPREND PAS.
PAR CONTRE, QUE TU PORTES ENCORE MON CADEAU, ÇA OUI.
JE N'AI PAS OUBLIÉ D'OÙ JE VENAIS.
J'AI LES LANTERNES !
PARFAIT ! ON PEUT PARTIR POUR LA CLAIRIÈRE.

EN ROUTE !
EN ROUTE ...
IRÈNE, JE VAIS BIENTÔT COMMENCER MON TOUR.
OK TRISTAN, TU PEUX RAJOUTER LE LAC SUR TON PARCOURS ?
AUCUN PROBLÈME.
AU FAIT, TANT QUE J'Y PENSE :
TU SAURAIS OÙ SONT LES ARMES QUE L'ON DEVAIT RENVOYER À LA PRÉFECTURE ?
DANS MA VOITURE.
JE M'EN OCCUPE APRÈS LE FESTIVAL.
OK, JE PASSE L'INFO À YANN.

BIENVENUE
À TOUS !

NOUS SOMMES ICI POUR HONORER L'ENTITÉ DES LANTERNES DE NOTRE ÎLE.
SELON LA COUTUME, VENEZ AU PIED DE LA STATUE ...
ET APPORTEZ-LUI VOTRE LANTERNE ...
COMMENT ELLE FAIT POUR MONTER SUR CE ROCHER ?
ON LA PORTE ?
CHUT !
PENSEZ À TOUTES CES CHOSES QUE VOUS GARDEZ EN VOUS ...
ET QUI VOUS BRÛLENT DE L'INTÉRIEUR ...
PAF!
BLA
BLA
BLA
BLA
BLA
BLA

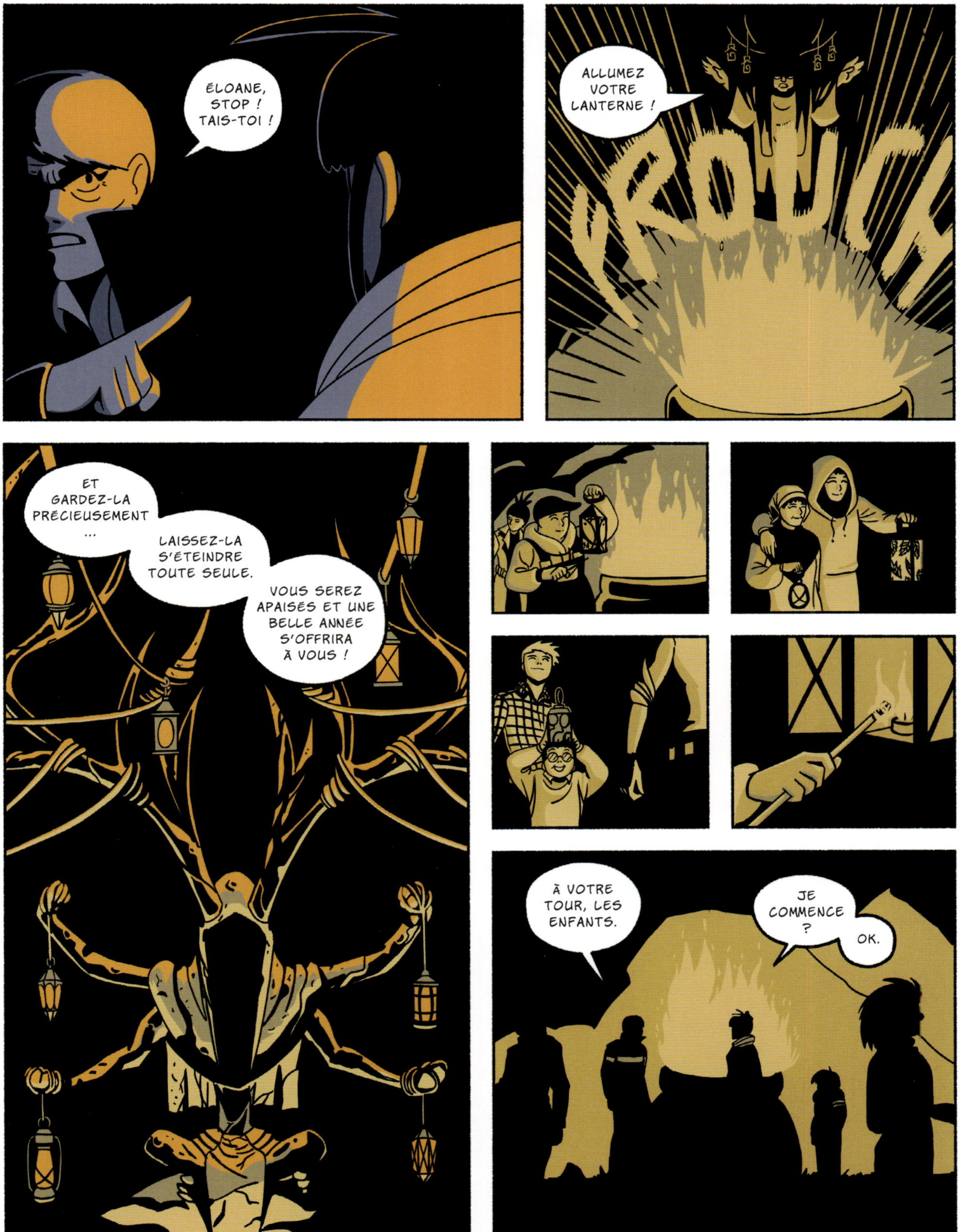
ÉLOANE, STOP ! TAIS-TOI !
ALLUMEZ VOTRE LANTERNE !
FROUCH
ET GARDEZ-LA PRÉCIEUSEMENT ...
LAISSEZ-LA S'ÉTEINDRE TOUTE SEULE.
VOUS SEREZ APAISÉS ET UNE BELLE ANNÉE S'OFFRIRA À VOUS !
À VOTRE TOUR, LES ENFANTS.
JE COMMENCE ?
OK.

INCROYABLE ! RIEN N'A CHANGÉ !
ERWAN ALLUME SA LANTERNE ET ON VA À LA BUVETTE ?
ÉLOANE,
ÉLOANE,
ÉLOANE...
JE NE TE COMPRENDS VRAIMENT PAS. POURQUOI TU VIENS ?
SI TU N'AS AUCUN RESPECT POUR CETTE CÉRÉMONIE ?!

JE VAIS TE MONTRER.
ME MONTRER QUOI ?!
TU TE FICHES VRAIMENT DE MOI ?!
CALME-TOI.
ME CALMER !
TU ME DIS PAS DE ME CALMER ! JE SUIS TA MÈRE, TU ME PARLES AUTREMENT!
TU REVIENS APRÈS DES ANNÉES POUR TE MOQUER DE NOS COUTUMES !
TU FERAIS MIEUX DE REPARTIR !
T'ES VRAIMENT UNE MÈRE DE MERDE !!
MOI AUSSI JE TE DÉTESTE !

VU L'HEURE, TU PEUX AVOIR LE DERNIER FERRY.
ERWAN, TU PEUX RACCOMPAGNER TA SŒUR.
NON, JE CONNAIS LE CHEMIN.

J'LA DÉTESTE !
J'LA DÉTESTE !
J'LA DÉTESTE !
FRANGINE ! ARRÊTE-TOI !

TAP TAP
TAP
TU VEUX VRAIMENT REPARTIR ?
OUI, TU AS ENTENDU MAMAN ?
DEPUIS QUAND TU L'ÉCOUTES, TOI ?
T'AS PENSÉ À MOI ? ÇA FAIT LONGTEMPS QUE JE T'ATTENDS ...
TAP
TAP
TAP
TAP
TAP
RESTE ! S'IL TE PLAÎT !
NON, ERWAN, JE SUIS DÉSOLÉE.
MAIS...
MAIS QUOI ?
MÊME UNE NUIT ?
TAP
TAP TAP
TAP

JE SUIS DÉSOLÉE ERWAN, MAIS JE NE PEUX PAS RESTER.
MAMAN ME DÉTESTE.
JE SUIS SÛR QU'ELLE NE TE DÉTESTE PAS.
SI !
C'EST POUR ÇA QUE J'ÉTAIS PARTIE.
ET JE N'AURAIS JAMAIS DÛ REVENIR.
PRENDS TA LANTERNE.
ET RESTE CETTE NUIT.
COMME ÇA, ON SERA TOUS ENSEMBLE AVEC MAMAN.

MAMAN ?

CRASH
!
C'EST QUOI ÇA ?

AAHH!

CHAPITRE
DEUX

PLUS QU'À ALLER L'ACCROCHER ...
MOI, DIRECTION MON CANAPÉ POUR VOIR MA SÉRIE TV.

RAAHH !!

POM!
PAM!
RAAHH!

RAAHH!
RAH!
VLAM
SRATCH!

RAAHH!
RAAHH!

J'Y CROIS PAS ...
C'EST QUOI CE DÉLIRE ?

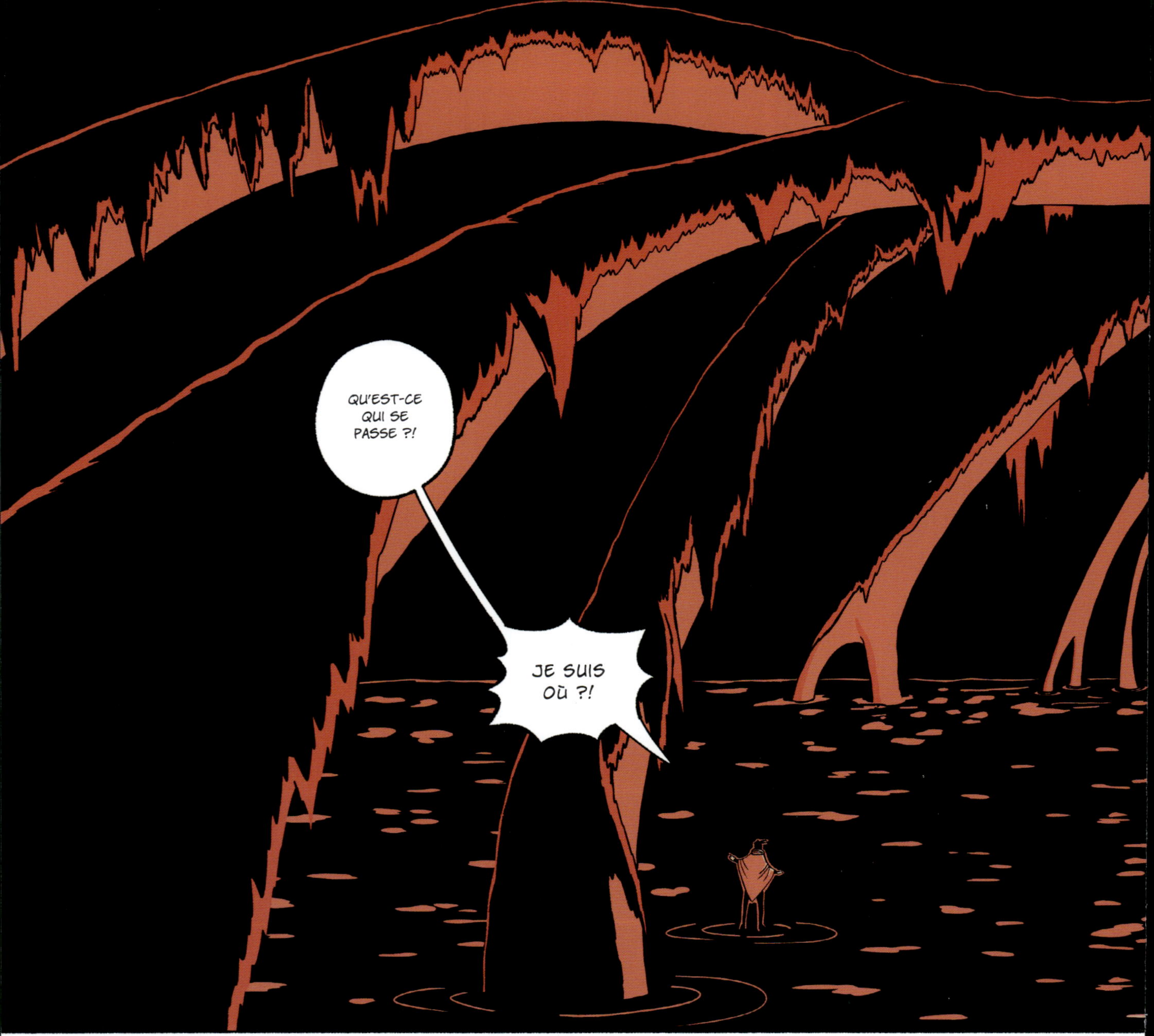
QU'EST-CE
QUI SE
PASSE ?!
JE SUIS
OÙ ?!

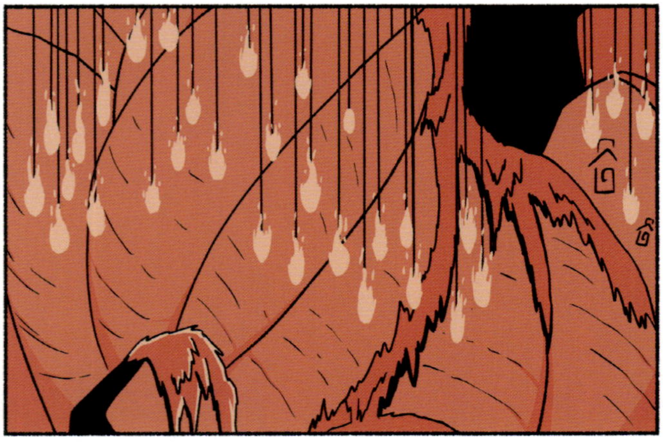

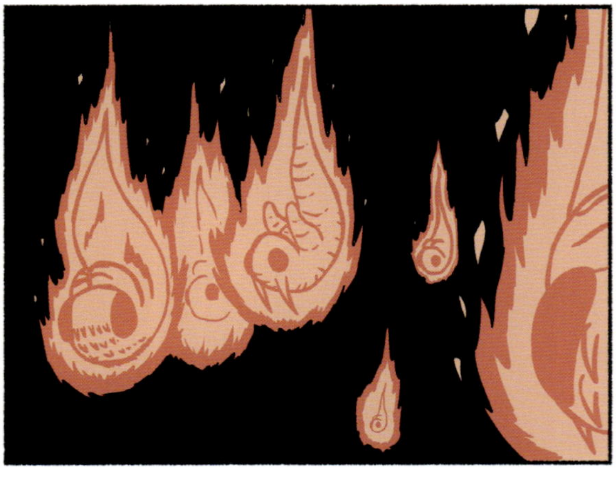

KRSS

KRSS

MAHH!
RAH ?

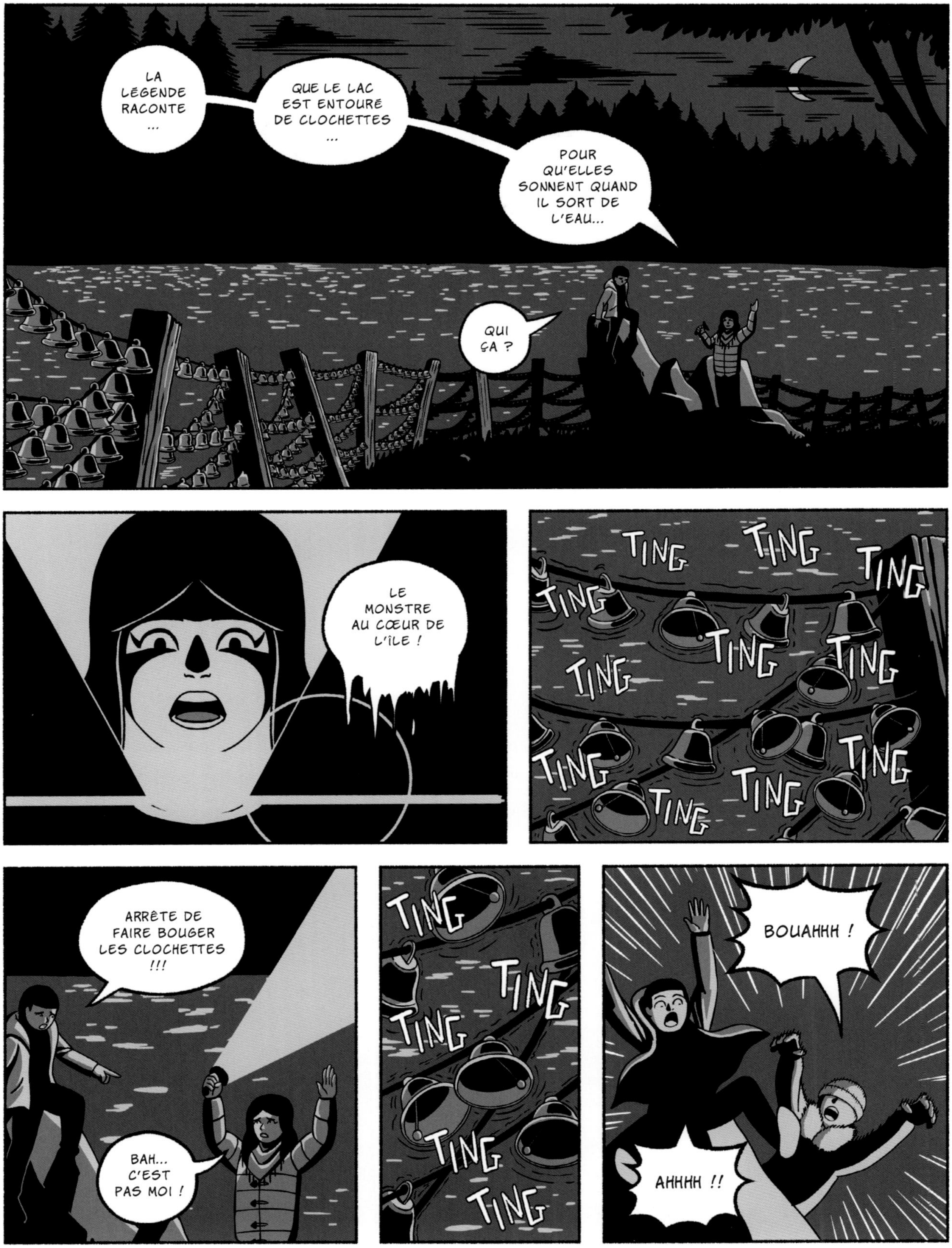
LA LÉGENDE RACONTE ...
QUE LE LAC EST ENTOURÉ DE CLOCHETTES ...
POUR QU'ELLES SONNENT QUAND IL SORT DE L'EAU...
QUI ÇA ?
LE MONSTRE AU CŒUR DE L'ÎLE !
TING TING TING TING TING TING TING TING TING TING TING
ARRÊTE DE FAIRE BOUGER LES CLOCHETTES !!!
BAH... C'EST PAS MOI !
TING TING TING TING TING
BOUAHHH !
AHHHH !!

TROP PEUR...
HÉ HÉ HÉ, TROP FIÈRE !
TROP GÉRÉ !
HÉ !
AHHH !!!
VOUS N'AVEZ RIEN À FAIRE LÀ.
RETOURNEZ À LA FÊTE !
OU BIEN VOUS PRÉFÉREZ QUE JE VOUS RACCOMPAGNE ?
NON MONSIEUR !
ON Y VA TOUT DE SUITE !
VOUS SUIVEZ BIEN LE SENTIER !
OUI, MONSIEUR TRISTAN !
TING
TING
TING
TING
TING
TING

ENCORE ?!
COMME LES AUTRES, VOUS RETOURNEZ AU FESTIVAL.
TING TING TING TING TING TING TING TING TING TING TING TING TING TING
ÇA SUFFIT, DE BOUGER LES CLOCHETTES ...
JE LE FAISAIS DÉJÀ À VOTRE ÂGE.
TING TING TING TING TING TING TING TING TING TING TING TING TING TING TING
ÇA PAR CONTRE, C'EST NOUVEAU.
CRAK!

OH MERDE, C'EST QUOI CE TRUC ?!
BLAM
BLAM
BLAM
BLAM
SLAK!

SNAP

UNE ANNÉE DE PLUS...
J'AI TELLEMENT DE CHOSES SUR LE CŒUR...
QU'IL FAUDRAIT QUE JE BRÛLE BIEN PLUS QU'UNE LANTERNE. POUR M'EN TIRER...
CHEFFE ! ON A UNE URGENCE !

OH NON ...
TRISTAN ...
UNE ATTAQUE D'ANIMAL ?
POUR L'INSTANT ON PENCHE POUR CETTE THÉORIE.
MAIS ON ATTEND LE LÉGISTE POUR PLUS D'INFOS.
YANN, QU'EST-CE QUI A BIEN PU FAIRE ÇA ?
QUE L'ON NE ME FASSE PAS CROIRE QUE C'EST UN OURS OU UN TRUC DU GENRE.
LE GARDE FORESTIER A ÉTÉ APPELÉ AUSSI.
ON A DÉJÀ COMMENCÉ À AUGMENTER LA SÉCURITÉ AUTOUR DE LA FÊTE.
TRÈS BIEN.
LE PLUS DISCRÈTEMENT POSSIBLE.
NE CAUSONS PAS DE PANIQUE.

JE VOIS PAS DU TOUT QUEL ANIMAL LAISSERAIT CE GENRE D'EMPREINTES ...
MOI NON PLUS.
JE TE LAISSE RASSEMBLER ASSEZ DE PERSONNES POUR UNE BATTUE ?
OK, ET TOI ?
TU VAS FAIRE QUOI ?
JE PARS DEVANT.
ÉVITONS DE PERDRE TROP DE TEMPS.
QUOI QUE CE SOIT, IL FAUT LE STOPPER RAPIDEMENT !

OÙ EST
MA SŒUR ?

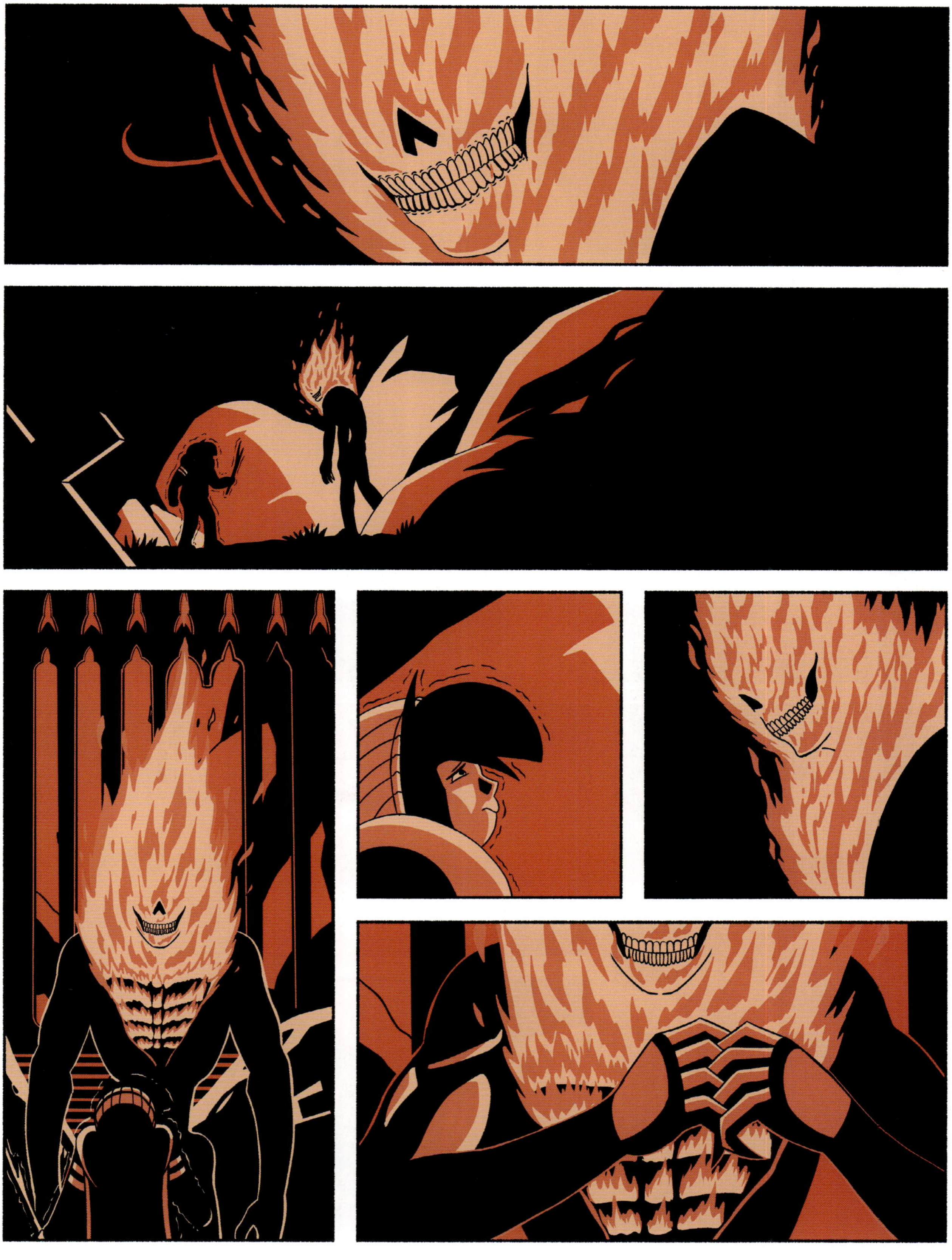

TU SAIS CE QU'IL S'EST PASSÉ ?
CHRT
CHRT
CHRT
CHRT

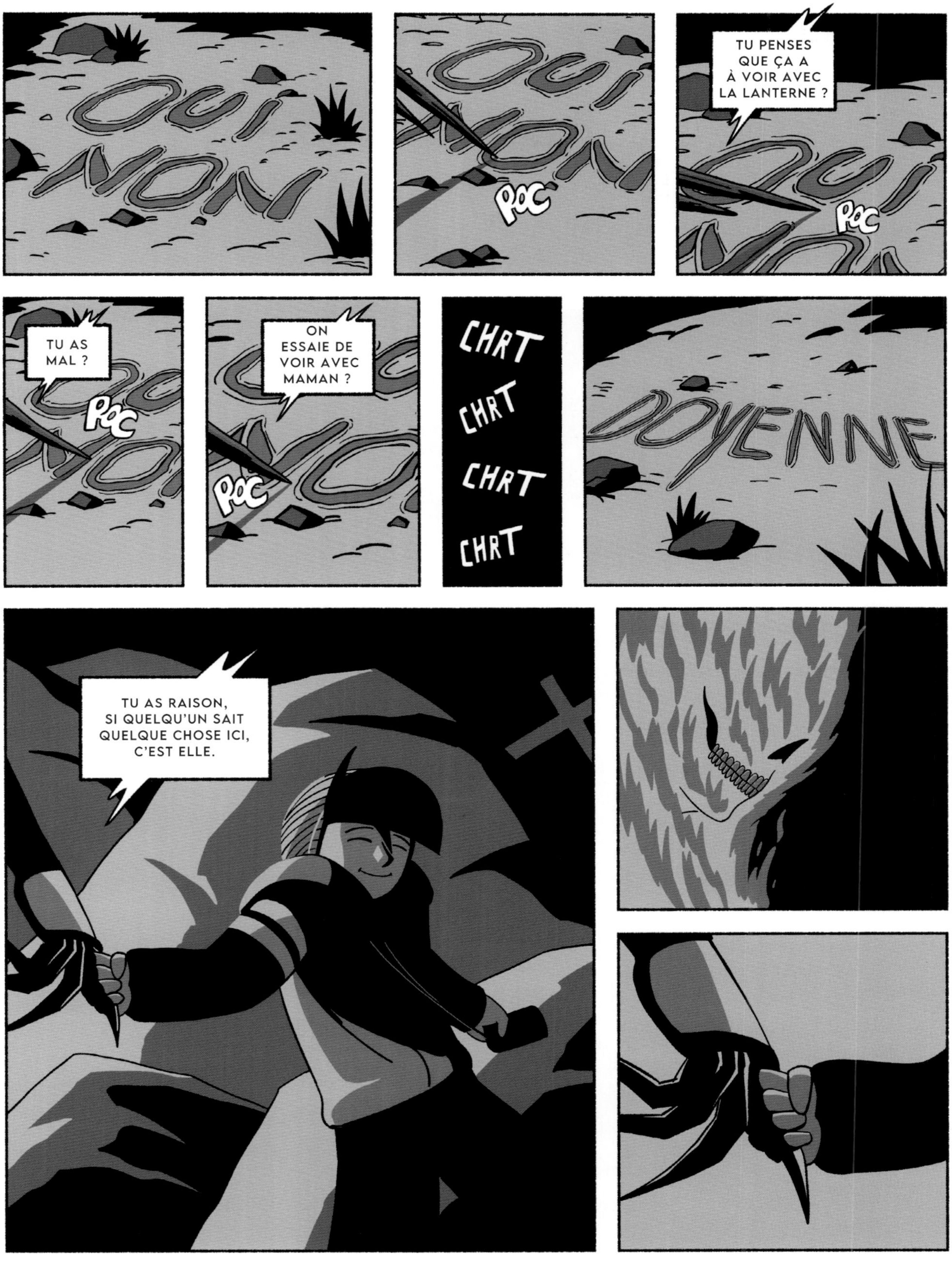
OUI
NON
POC
TU PENSES QUE ÇA A À VOIR AVEC LA LANTERNE ?
POC
TU AS MAL ?
POC
ON ESSAIE DE VOIR AVEC MAMAN ?
POC
CHRT
CHRT
CHRT
CHRT
DOYENNE
TU AS RAISON, SI QUELQU'UN SAIT QUELQUE CHOSE ICI, C'EST ELLE.

ON VA PASSER PAR LÀ.

T'ES TOUJOURS SUR SA PISTE ?
OUI, J'AI CROISÉ DES CADAVRES DE MOUTONS ÉVENTRÉS.
À LES VOIR, J'AI L'IMPRESSION QUE LEUR ATTAQUANT CHERCHAIT UN TRUC.
C'EST POSSIBLE ?
J'EN SAIS RIEN, YANN.
CE QUI EST RASSURANT, C'EST QU'IL NE PART PAS EN DIRECTION DE LA FÊTE.
MAIS JE NE SAIS PAS OÙ IL VA.
SURTOUT AVEC LE RAVIN QUE J'AI EN FACE DE MOI.

JE RETOURNE
À MA VOITURE.
JE VAIS VOIR CE QUE
JE FAIS ENSUITE.
VOUS AVEZ
DES NOUVELLES
DE MES
ENFANTS ?
NON, PAS
ENCORE.
POUR TON FILS,
ON A FAIT PASSER
LE MESSAGE DE
NOUS JOINDRE
SI QUELQU'UN
LE VOYAIT.
POUR TA FILLE,
ON PENSE QU'ELLE
A BIEN PRIS
LE BATEAU.
VU CE QU'IL
S'EST PASSÉ
À LA CÉRÉMONIE
...
JE LA
VOIS MAL
RESTER.
QU'EST-CE
QUE TU
INSINUES ?
RIEN, RIEN !

TOC TOC TOC
OUI ? QUOI ? J'ESPÈRE QU'ON ME DÉRANGE PAS POUR RIEN !
ÇA A INTÉRÊT À ÊTRE IMPORTANT !
C'EST POUR QUOI ?
C'EST UN CHOUILLE PLUS IMPORTANT QUE MA SÉRIE.

LA DOYENNE VIENT DE NOUS APPELER, TON FILS EST CHEZ ELLE.
ET LE GARDE FORESTIER ARRIVE D'ICI PEU SUR LE LIEU DE L'ATTAQUE.
JE SUIS RASSURÉE POUR ERWAN.
MERCI.
IL ME FAUDRAIT UNE MEILLEURE VUE DE L'ÎLE
J'AI TOUJOURS MA CARTE DANS LA PORTIÈRE ?
« GARDE FORESTIER » ...
ÇA ME DONNE UNE IDÉE.
POSTE DE GARDE

RENTRE, RENTRE. LES PLAFONDS SONT HAUTS, IL N'Y A AUCUN RISQUE QUE TU Y METTES LE FEU.
UN MONSTRE ARDENT... C'EST INCROYABLE. VOUS DEVEZ AVOIR TOUT UN TAS DE QUESTIONS.
JE VAIS TÂCHER D'Y RÉPONDRE.
DONNEZ-MOI UNE SECONDE.
OÙ AI-JE MIS CETTE BOÎTE ?

MMMHHH...
« LA CÉRÉMONIE RÉALISÉE, »
« QUICONQUE BRISERA VOLONTAIREMENT SA LANTERNE ALLUMÉE, »
« LE CŒUR EMPLI DE COLÈRE LARVÉE, »
« PROVOQUERA SA COMBUSTION INSTANTANÉE, »
« DONNERA UN MONSTRE EMBRASÉ PAR SES ÉMOTIONS NON EXPRIMÉES. »

« LA GRANDE ENTITÉ DES LANTERNES SERA RÉVEILLÉE,
L'ÉTERNELLE TROUVERA LE MONSTRE ENFLAMMÉ ET SON CŒUR RONGÉ PAR LES FLAMMES,
PUIS L'EMPORTERA À TOUT JAMAIS. »
« POUR Y ÉCHAPPER,
SA FORME HUMAINE, LE MONSTRE ARDENT DEVRA RETROUVER. »
« SEULE LA PAROLE POURRA LE LIBÉRER, »
« MAIS L'ENTITÉ À TRAVERS LE MONDE, CONTINUERA À ERRER,
LE CHAOS SERA SEMÉ, »
« TANT QU'UN CŒUR ARDENT, ELLE N'AURA PU PRÉLEVER . »

QU'EST-CE QUE TU T'ES FAIT, MON PETIT ?
C'EST DE SACRÉES MARQUES DE GRIFFES QUE TU AS LÀ !
RAAHHH...
QU'EST-CE QU'IL T'ARRIVE ?!
RAAHH!

OÙ TE TROUVES-TU ?
OÙ EST-CE QUE TU POURRAIS ALLER, SALE BÊTE ?
?

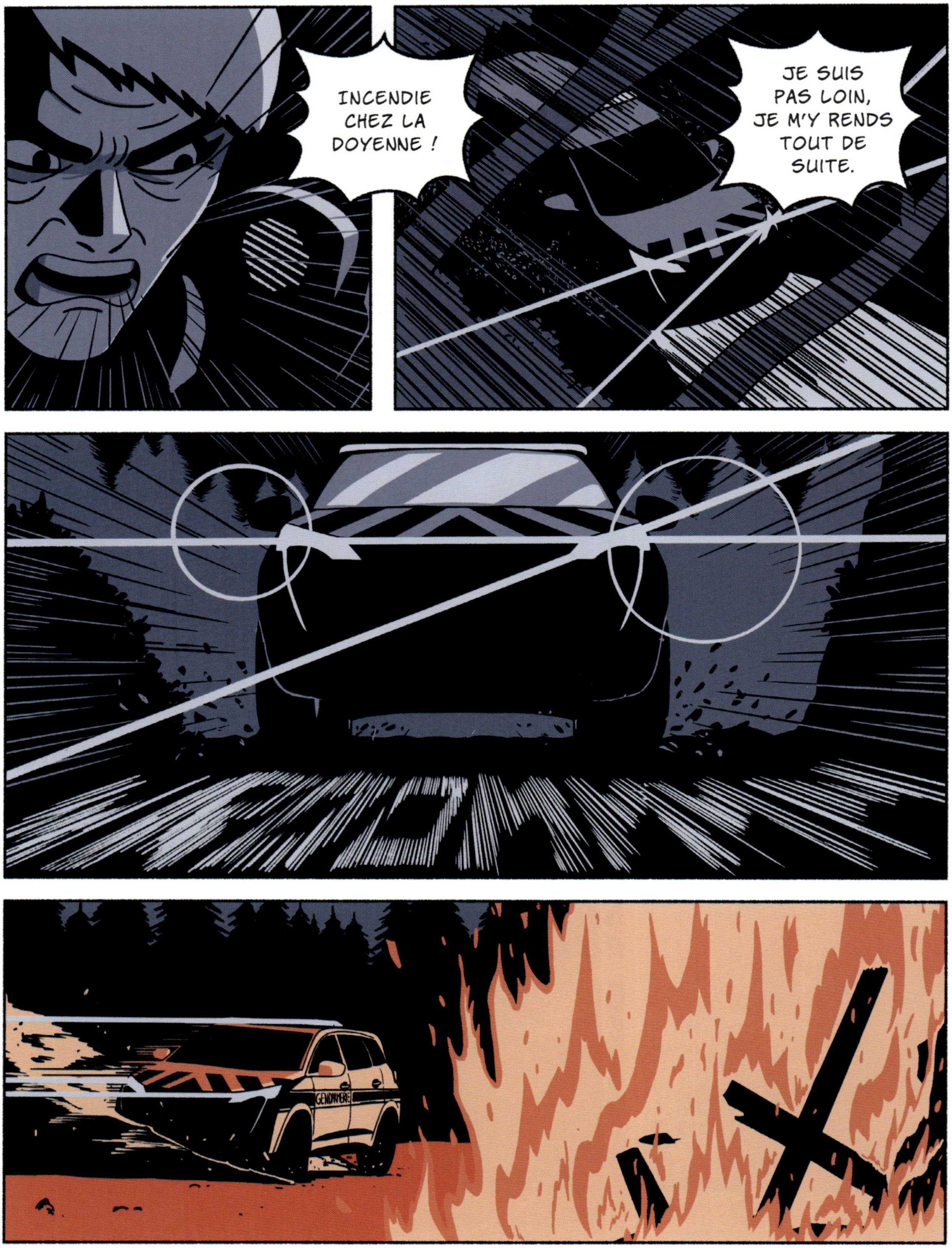
INCENDIE CHEZ LA DOYENNE !
JE SUIS PAS LOIN, JE M'Y RENDS TOUT DE SUITE.
GENDARMERIE

OH
MERDE.
C'EST
QUOI
ÇA ?!
ERWAN !

LÂCHE MON FILS !

CHAPITRE
TROIS

GENDARMERIE

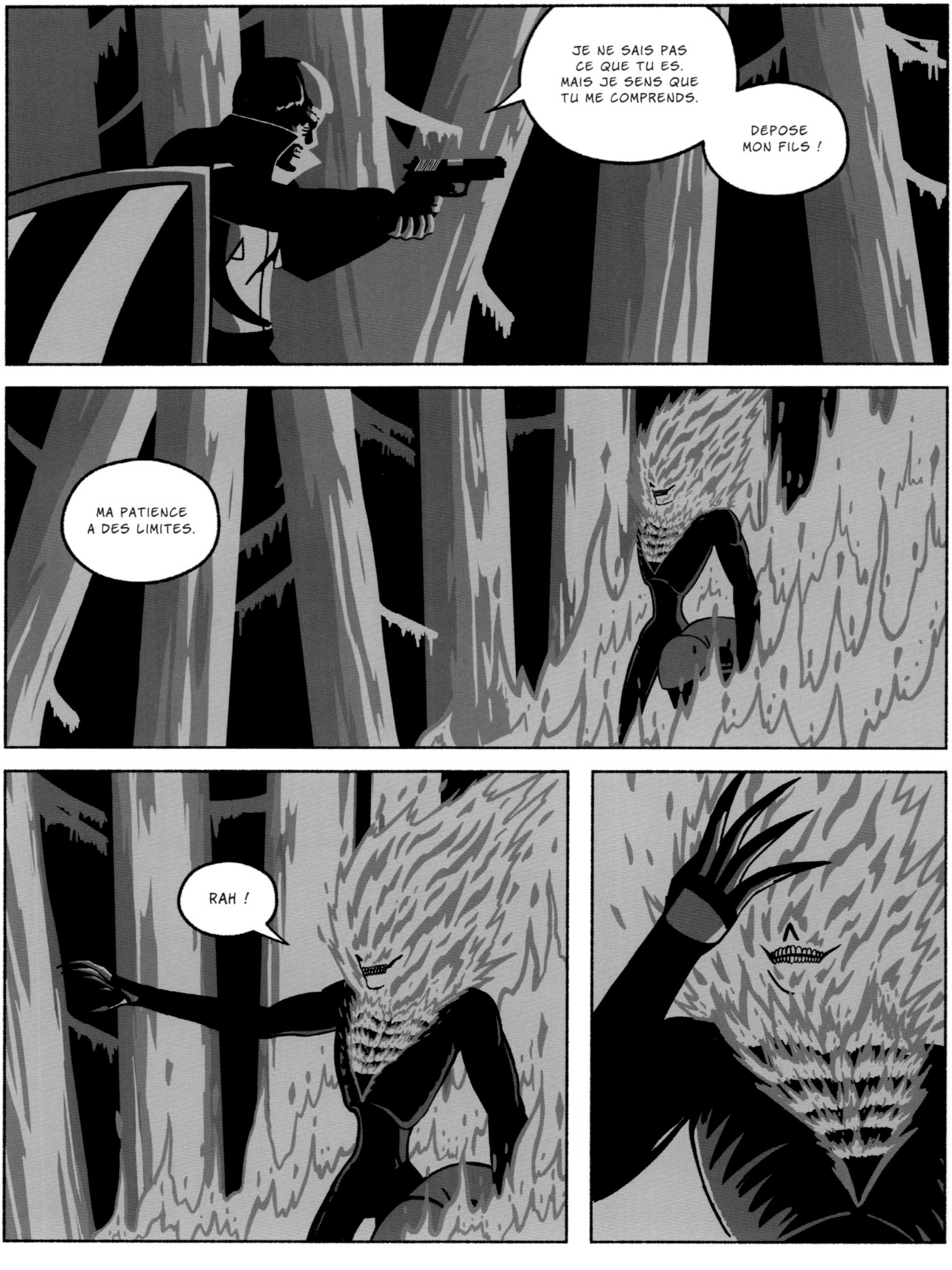
JE NE SAIS PAS CE QUE TU ES. MAIS JE SENS QUE TU ME COMPRENDS.
DÉPOSE MON FILS !
MA PATIENCE A DES LIMITES.
RAH !

JE T'AVAIS PREVENU !
RAAH!
BLAM
RAAAHH!

BLAM
BLAM
BLAM
BLAM
BLAM
BLAM
NOOON !!!

SKRI!!!!!
JE TE RETROUVERAI !

NE T'INQUIÈTE PAS, ERWAN,
MAMAN ARRIVE !
À L'AAAIDE ...
OH NON !
MADAME LA DOYENNE !
TENEZ BON !
INCONSCIENTE ...
MAIS ELLE RESPIRE.
IRÈNE !
ON PREND LE RELAIS !

TU VAS BIEN ?!
OÙ EST ERWAN ?
IL A ÉTÉ ENLEVÉ.
QUOI ?!
ATTENDS !
NON ! J'AI PAS LE TEMPS !
MON FILS A ÉTÉ ENLEVÉ PAR UN MONSTRE !
JE SUPPOSE QUE C'EST ÇA QUI A TUÉ TRISTAN !
UN MONSTRE ?
JE PARS EN CHASSE !
ÇA TE VA COMME DÉBRIEFING ?
TU AS BIEN DIT UN MONSTRE ?
TU AS BESOIN DE MATÉRIEL EN PLUS ?
JE VIENS AVEC TOI !
NON, ON A BESOIN DE TOI ICI.

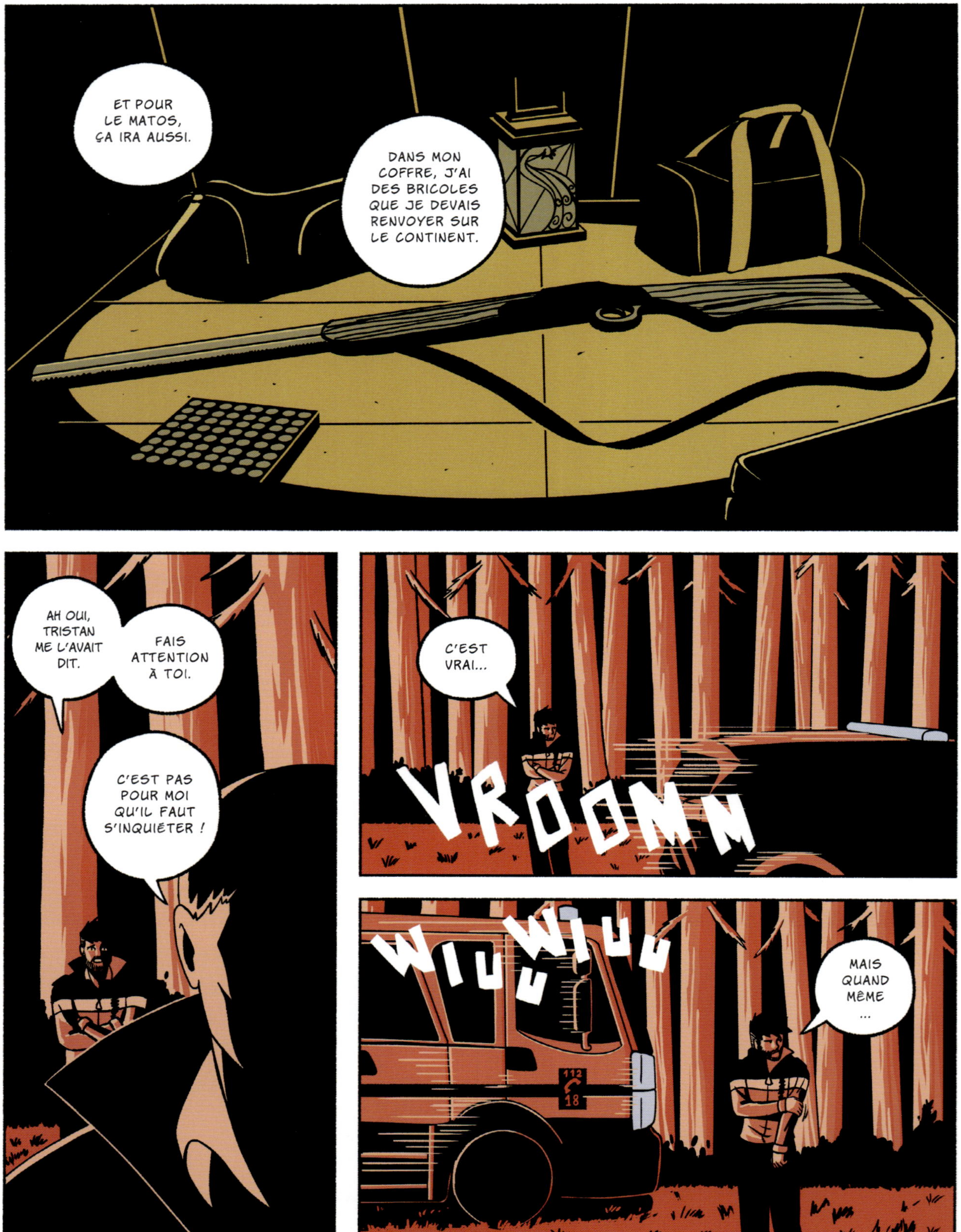
ET POUR LE MATOS, ÇA IRA AUSSI.
DANS MON COFFRE, J'AI DES BRICOLES QUE JE DEVAIS RENVOYER SUR LE CONTINENT.
AH OUI, TRISTAN ME L'AVAIT DIT.
FAIS ATTENTION À TOI.
C'EST PAS POUR MOI QU'IL FAUT S'INQUIÉTER !
C'EST VRAI...
VROOMM
WIUUWIUU
MAIS QUAND MÊME ...
112
18

ALLEZ, ON S'ACTIVE !
GO ! GO ! GO !
CRACK
CRACK
CRACK
?

QU'EST-CE QUE TU FOUS ?!
RIEN ! J'ARRIVE !
C'EST QUOI ÇA ?
LES EMPREINTES DU MONSTRE ?
Y A UN TRUC QUI CLOCHE.

...
FLOUSHHH
ELLES...
ELLES N'ONT RIEN À VOIR AVEC CELLES QUE J'AI OBSERVÉES !
SI CE SONT LES EMPREINTES DU MONSTRE QU'IRÈNE A VU ICI...
ALORS À QUI ÉTAIENT CELLES DU LAC ?
CRACK
?

KRSS

AAAHHH !!!!
À L'AIDE !
TIRE-LUI DESSUS !!!
BLAM
BLAM
BLAM
BLAM
BLAM

KRSS

CLIC
CLIC
CLIC
CLIC
TCHAP
TOUN
ARG !
LÂCHE CETTE HACHE ET CASSE-TOI !

AAAHHH !!!
KRSS
KRSS

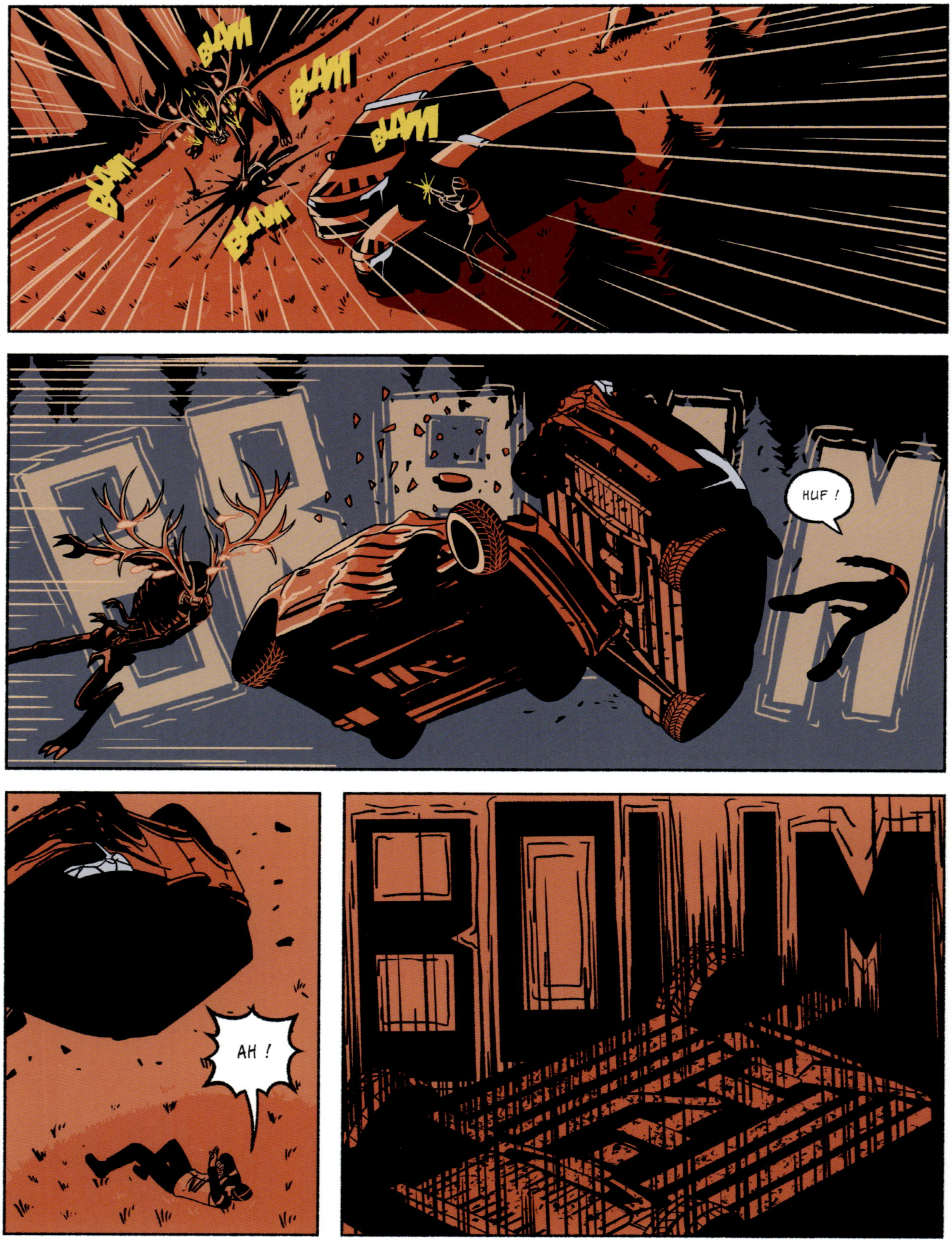
BLAM
BLAM
BLAM
BLAM
BLAM
BLAM
HUF !
AH !
BOUM

RAH !
RAH !
RAH !
RAH !
RAAAHHH !

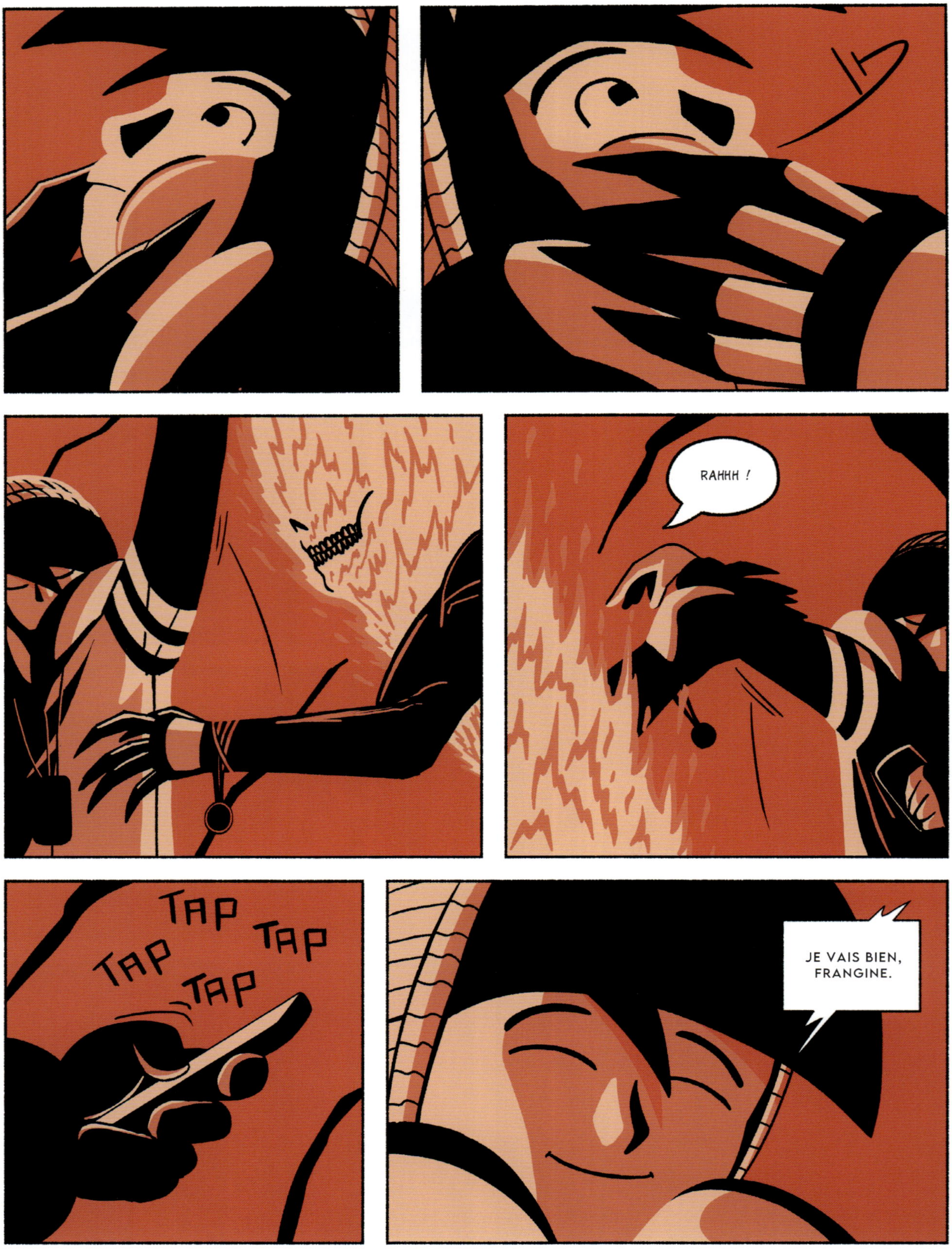
RAHHH !
TAP
TAP
TAP
TAP
JE VAIS BIEN,
FRANGINE.

RAH !

NE T'INQUIÈTE PAS POUR CETTE BLESSURE.
TOUT VA BIEN. C'EST RIEN.

RAAAHH !

KRSS
KRSS

TAP
TAP
TAP
TAP
TAP
TAP
TAP
RAAHH !
QU'EST-CE QUI SE PASSE ?
CALME-TOI !
TAP
TAP
TAP
TAP
TAP
TAP
RESPIRE, FRANGINE.

RAPPELLE -TOI QUAND PAPA DEVENAIT MONSIEUR COLÈRE.
ON S'AMUSAIT À COURIR LOIN TOUT LES DEUX.
FATIGUE !
MOI AUSSI.
ON S'ARRÊTE LÀ ?
OUI !
PIOUF!
PIOUF!

ENSEMBLE !

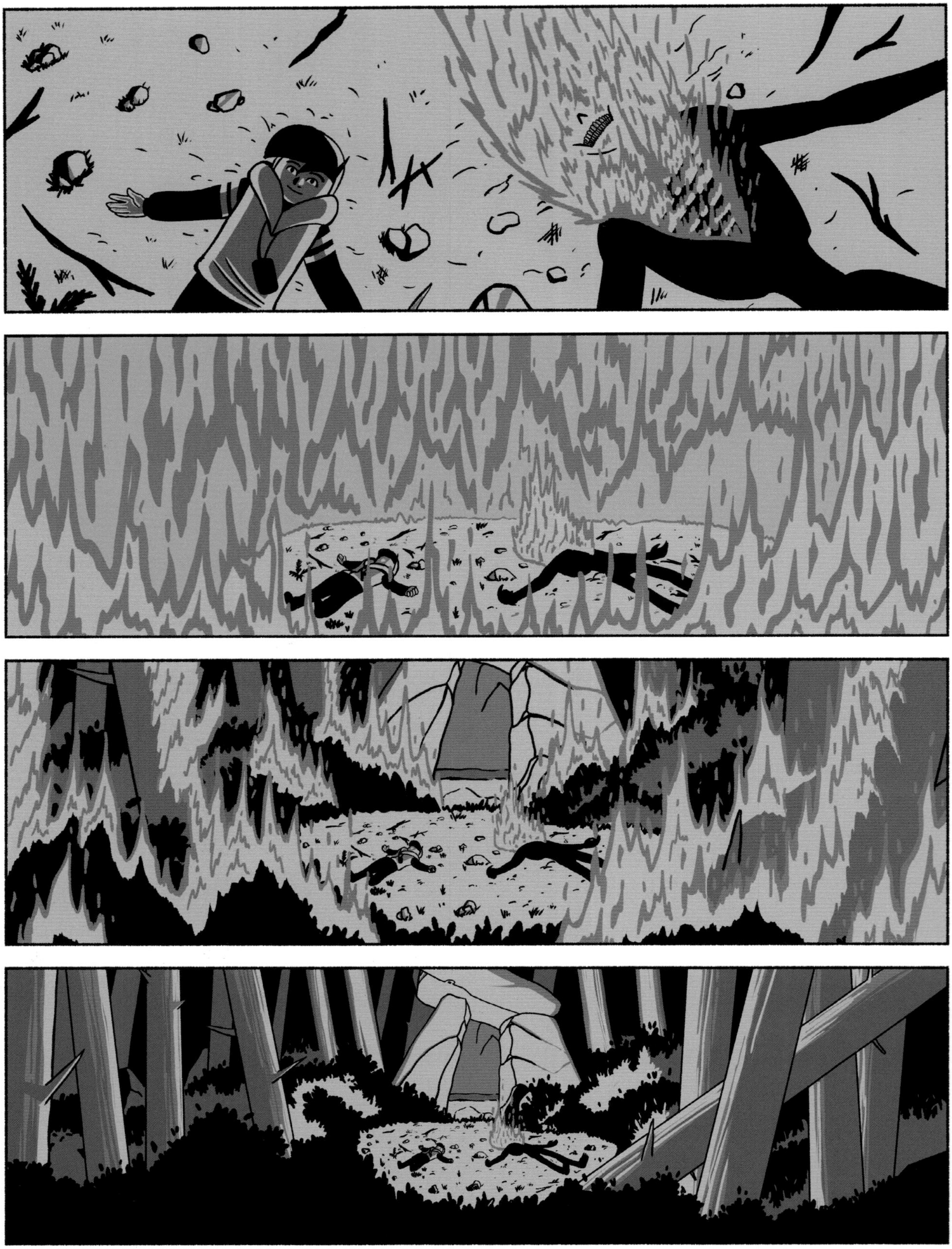

ON BOUGE ?
TAP TAP TAP TAP TAP
RAHHH !
TAP TAP TAP TAP TAP TAP
PAR CONTRE, JE SAIS PAS OÙ ON VA.
VROOMNN

JE T'AVAIS DIT QUE JE TE RETROUVERAIS.
ERWAN ?
TU ES EN SÉCURITÉ !
OÙ ES-TU, MON CHÉRI ?

TE VOILÀ !
?!
HÉ !
CHOP
OÙ TU VAS ? TU VAS BIEN ?
LE MONSTRE EST SONNÉ.
MAIS FAIS ATTENTION QUAND MÊME.

TAP TAP TAP TAP TAP TAP
TU COMPRENDS PAS.
ALORS, EXPLIQUE-MOI.
TAP TAP TAP TAP TAP
TAP TAP TAP
LE MONSTRE C'EST ÉLO
ATTENTION !
À TERRE !
PAF

BLAM
BLAM
BLAM
BLAM
BLAM
BLAM
CLIC
CLIC
CLIC
MERDE !

BANG

CHAK
TU BRÛLES ENCORE ?
CLAK
JE VAIS PARTIR DU PRINCIPE QUE SI TU N'ES PAS ÉTEINT...
C'EST QUE TU N'ES PAS MORT.
JE VAIS Y REMÉDIER.
RAAHHHH...

UNE DERNIÈRE CHOSE ...
ON NE TOUCHE PAS À MES COLLÈGUES ...
ET ENCORE MOINS À MES ENFANTS !
RAH...
RAH...

BANG

CHAPITRE
QUATRE

ARRÊTE MAMAN !!
C'EST TA FILLE QUE TU ESSAIES DE TUER !!!
UNE FILLE QUI CROIT QUE TU LA DÉTESTES !!!

S'IL TE PLAÎT MAMAN...
C'EST ÉLOANE ...
SNIF
SNIF
QU'EST-CE QUE ...
TU DIS ?
APRÈS AVOIR CASSÉ SA LANTERNE ...
SNIF

ÉLOANE S'EST TRANSFORMÉE EN MONSTRE.
OH... MA... MA CHÉRIE ...
JE... JE SUIS DÉSOLÉE.
JE NE TE DÉTESTE PAS.
QUAND JE TE VOIS, JE VOIS VOTRE PÈRE ...
ÇA ME RAPPELLE QUE JE N'AI PAS SU VOUS...
VOUS... PROTÉGER DE LUI.

TU NE
...
TU NE ME DÉTESTES PAS ?
POURTANT
...
C'EST MA FAUTE CE QUI EST ARRIVÉ À PAPA,
C'EST MOI QUI L'AVAIS ÉNERVÉ AVANT DE PARTIR AU FESTIVAL.
NON, NON, NON...
TON PÈRE N'AVAIT JAMAIS BESOIN DE PERSONNE POUR S'EMPORTER.
ET METTRE LE FEU À DIFFÉRENTES CHOSES.
JE M'EN VEUX DE NE PAS AVOIR VU QUE TU TE SENTAIS RESPONSABLE.
ÉCOUTE-MOI BIEN
...
CE N'EST PAS DE TA FAUTE.

TIENS, MA CHÉRIE.
J'AI D'AUTRES VÊTEMENTS DANS LA VOITURE.
MERCI.
FRANGINE, J'AVAIS RETROUVÉ ÇA DANS TON SAC.
C'EST CE QUE JE PENSE ?!
OUI ...
C'EST LA RAISON DE MON RETOUR ...

C'EST CE QUE JE VOULAIS TE MONTRER.
C'EST INCROYABLE.
JE VAIS ÊTRE MAMIE !

IRÈNE.
UN PROBLÈME ?
C'EST ...
UN CARNAGE.
UN MONSTRE... EST ARRIVÉ APRÈS TON ... DÉPART.
LES BALLES NE... LUI FONT RIEN.
IL A TUÉ TOUT LE MONDE.
IL VIENT DANS TA DIRECTION.
PA-PAM
PA-PAM
PA-PAM
FUIS !
DANS LA VOITURE !!!
PA-PAM
PA-PAM

CEINTURE !
FAIT !
OUAIS !
KRSS
VROOOM
PA-PAM
KRSS
PA-PAM
PA-PAM

ÇA SE DÉPLACE TRÈS VITE !
VOUS SAVEZ CE QUE C'EST ?
C'EST L'ENTITÉ DES LANTERNES.
ET QU'EST CE QUE ÇA FOUT LÀ ?!
OH MERDE,
ELLE VIENT CHERCHER SON CŒUR ARDENT.
MAINTENANT QU'ÉLOANE EST REDEVENUE HUMAINE.
LE MONSTRE NE PARTIRA PAS...
TANT QU'IL N'AURA PAS SON NOUVEAU CŒUR ARDENT.
KRSS

ON EST PRESQUE ARRIVÉS !
ARRIVÉS OÙ, MAMAN ?
KRSS
PA-PAM PA-PAM PA-PAM PA-PAM
OH NON ...

CRA
GENDARMERIE
KRSS

CRASH
VLAM
FFSHH
TOUT LE MONDE VA BIEN ?
MAL AU COU MAIS JE VAIS BIEN...
ÇA... ÇA VA AUSSI ...
IL A L'AIR DÉSORIENTÉ ! C'EST NOTRE CHANCE, LES ENFANTS !
FAUT QU'ON BOUGE VITE !!!
ON VA DANS L'ANCIEN PHARE !
PA-PAM
PA-PAM
PA-PAM
PA-PAM
KRSS
ALLEZ !
IL ARRIVE !
PA-PAM
PA-PAM
PA-PAM
PA-PAM

CACHEZ-VOUS !
PA-PAM
PA-PAM
PA-PAM
KRSS
KRSS
POF
TAP
TAP
KRSS
COMMENT ON VA FAIRE, MAMAN ?
J'AI UN PLAN.
TOI, TU RESTES CACHÉ.
OK ?
OK.
NE FAIS PAS DE BRUIT.
D'ACCORD.

TOI AUSSI, FAUT QUE TU TE TROUVES UNE PLANQUE.
OK, ET TOI ?
JE VAIS ALLER EN HAUT DE LA TOUR.
VU QUE L'ACCÈS AU REZ-DE-CHAUSSÉE EST BLOQUÉ PAR L'EFFONDREMENT D'UNE PARTIE DE LA MAISON,
JE VAIS Y ALLER PAR LE PREMIER ÉTAGE,
PUIS REDESCENDRE, PAR OÙ ÇA S'EST ÉCROULÉ.
POURQUOI LÀ-HAUT ?
POUR UN TRUC.
PLANQUE-TOI !
POUR UN TRUC ?

KRSS
SQUI !
MAIS QU'EST-CE QUE TU FAIS !?
JE VAIS PAS TE LAISSER FAIRE.
KRSS
TU NE TE SACRIFIERAS PAS.
JE NE TE LAISSE PAS LE CHOIX.
NE M'OBLIGE PAS À TE MENOTTER.

SQUI !
KRSS
SQUI !
KRSS
SPLASH!
KRSS

TOC

KRSS
PA-PAM
PA-PAM
PA-PAM
PA-PAM
PA-PAM
ARRÊTE DE ME SUIVRE !
NON !
C'EST CE QUE JE PENSAIS.
JE VAIS POUVOIR DESCENDRE

SKIR
SKIR
CHOP
JE CROIS PAS !
LÂCHE-MOI !
J'ESSAYE DE VOUS SAUVER LA VIE !
ARRÊTE DE TE METTRE EN DANGER !
ET JE TE RAPPELLE QUE TU ES ...
SRIII
VITE, DANS LA SALLE DE BAIN !

QU'EST-CE QU'ON PEUT FAIRE ?!
J'AI L'IMPRESSION QUE POUR L'INSTANT, IL CHERCHE MAIS NE FOUILLE PAS.
FLUCHHH
FLUCHHH
PAM PAM
PAM PAM
PAM PAM
PAM PAM
TU RESTES ICI !
NON, JE LÂCHE RIEN !
CLICK
CLACK

NON ! MAIS T'ES SÉRIEUSE ?!
JE TE LAISSE LES CLÉS.
J'AI DES CHOSES À FAIRE.
ARRGGG.

CHRiiiT
MAMAN, JE TE DÉTESTE.
ARGH !
PAM PAM
PAM PAM
PAM
IL REVIENT !
FLUCH
KRSS
PAF PAF

PLUS QU'À MONTER.

POF
POF

TING
OUAIS !

HEY! LE MONSTRE !
TU VEUX UNE LANTERNE ?
TU VAS EN AVOIR UNE !
MAMAN ! STOP !
FAIS PAS ÇA !
'DOIT Y AVOIR D'AUTRES SOLUTIONS !
KRSS

JE CROIS QUE JE NE VOUS L'AI JAMAIS ASSEZ DIT.
JE VOUS AIME, LES ENFANTS !
TOUT COMME CE BÉBÉ QUE JE NE CONNAÎTRAI JAMAIS.
FAIS PAS ÇA !
CRASH

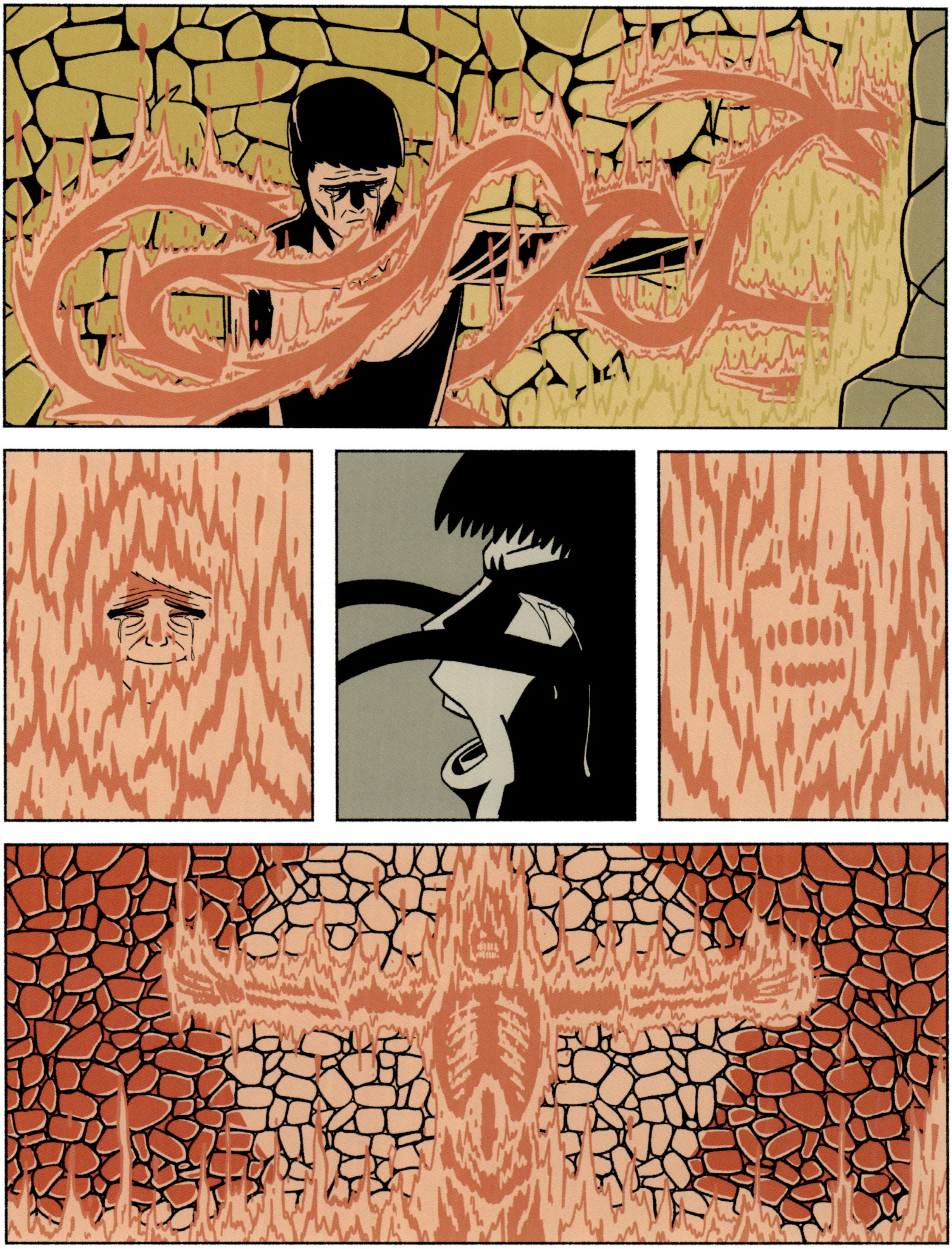

BAM
NON-NON-NON-NON-NON !!
CRACK

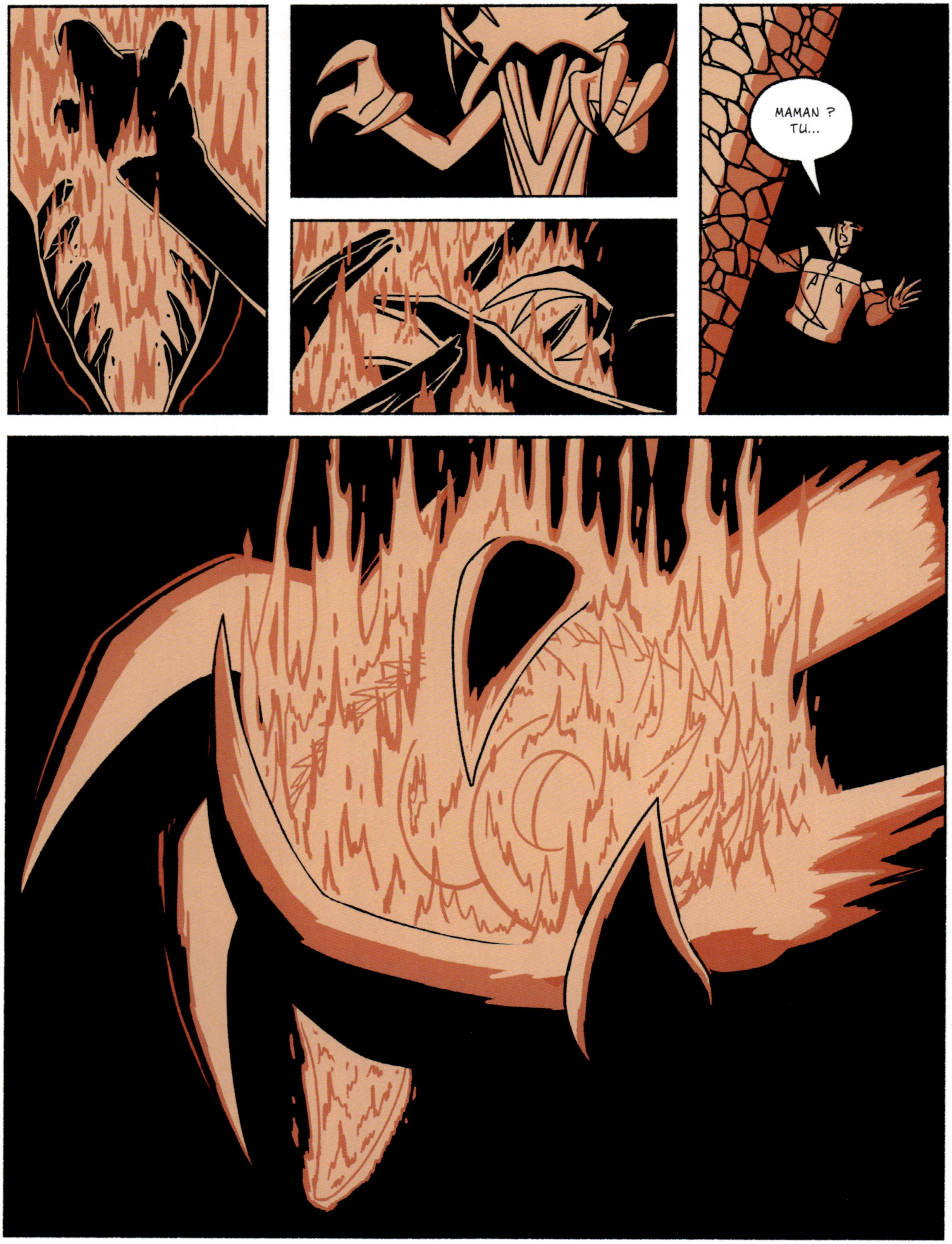
MAMAN ?
TU...

PARS PAS !
RENDS-MOI MA...
... MAMAN.
LE MONSTRE ET MAMAN...
ILS SONT PARTIS AU LAC ?
JE NE SAIS PAS.
IL A EMPORTÉ SON CŒUR DANS LA FORÊT.
AU LAC ?
POURQUOI AU LAC ?
SNIF...
« LE MONSTRE DU LAC AU CŒUR DE L'ÎLE... »
SNIF...
C'EST PEUT-ÊTRE LUI ?

MAIS OUI...
TU DOIS AVOIR RAISON !
ARRÊTE !
ON NE PEUT RIEN CONTRE LUI !
TAP TAP TAP TAP TAP
JE DOIS ESSAYER !
TING TING TING TING TING TING TING TING TING TING TING

TING TING TING TING TING TING TING TING TING TING
TING TING TING TING TING TING TING TING TING TING TING TING TING TING TING TING TING
CLAC CLAC CLAC
CLAC CLAC CLAC CLAC
TING TING TING
MAIS QU'EST-CE QUE TU FAIS ?!
TING TING
JE LE TIENS BIEN !
JE VAIS LE STOPPER !
ÉLOANE ! ON NE PEUT PLUS RIEN FAIRE !

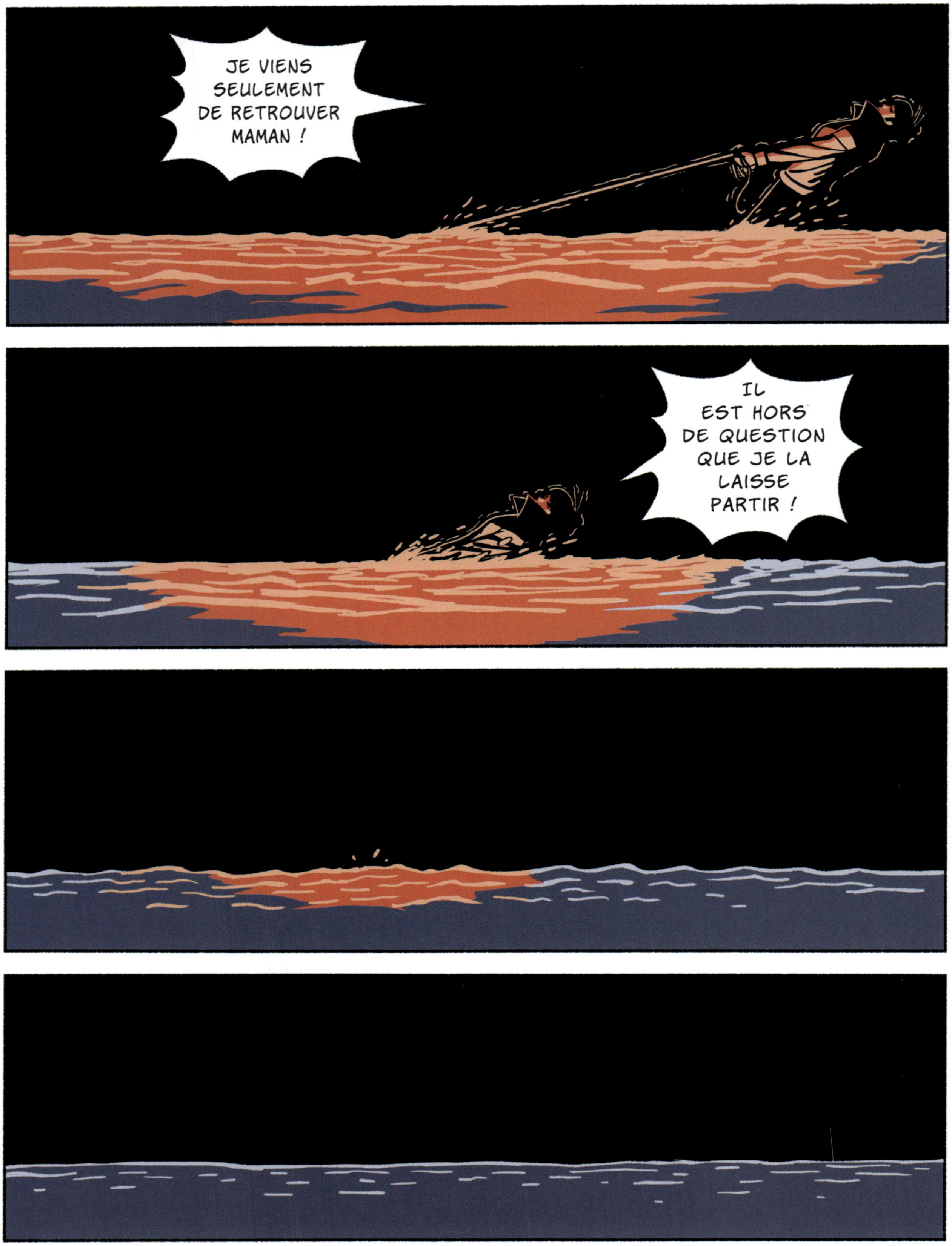
JE VIENS SEULEMENT DE RETROUVER MAMAN !
IL EST HORS DE QUESTION QUE JE LA LAISSE PARTIR !

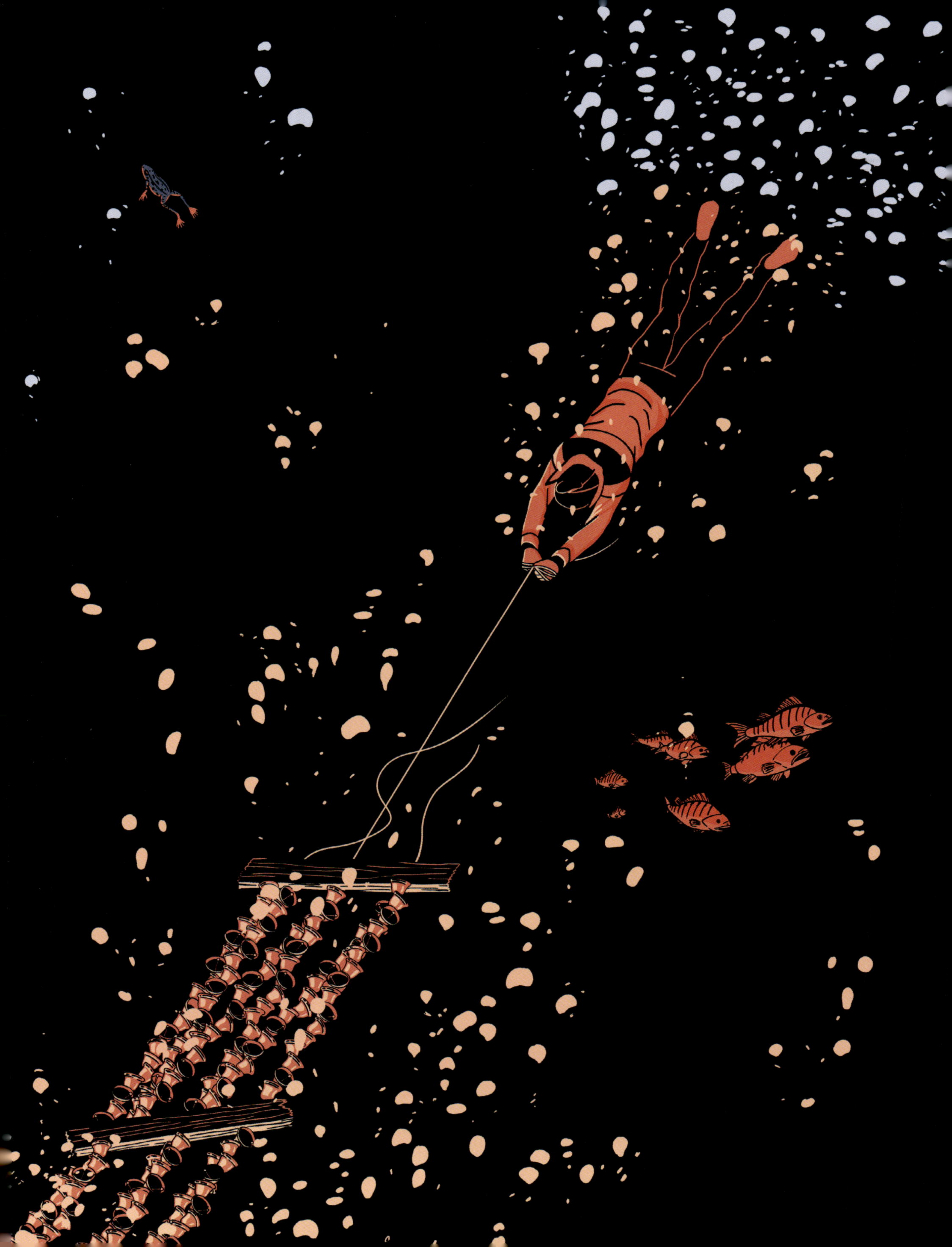

GASP !

JE VEUX PAS TE PERDRE NON PLUS.
SPLAH

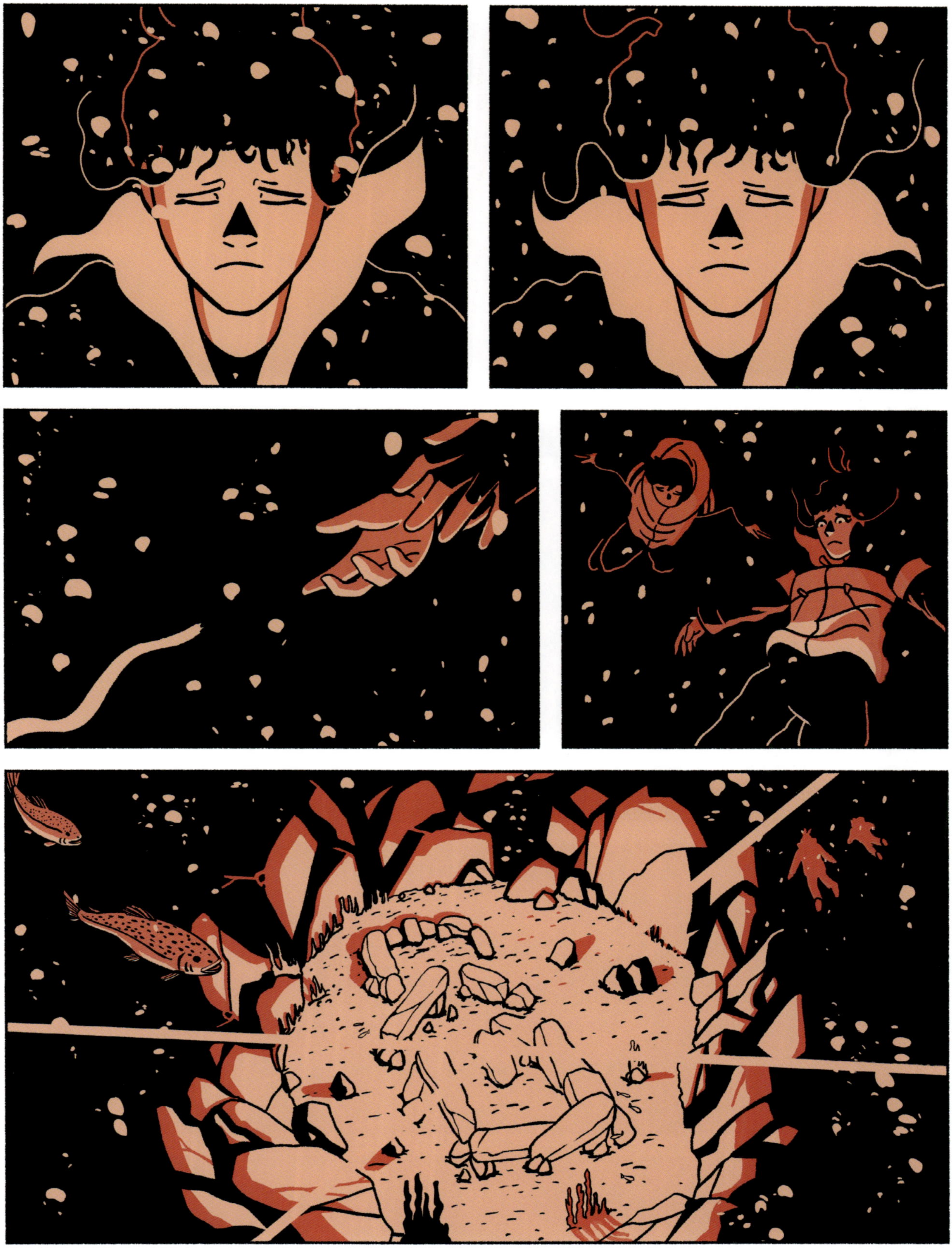

FÉLICITATIONS, ÉLOANE !

WOUAAHH !
ELLE EST TROP BELLE !
MERCI FRANGIN !

C'EST QUOI SON NOM ?

IRÈNE.

RECHERCHES
POUR LA NUIT DES LANTERNES

RECHERCHE DESIGN DES PERSONNAGES PRINCIPAUX

PROPOSITION DE COUVERTURE INITIALE POUR
LE DOSSIER ÉDITORIAL DE *LA NUIT DES LANTERNES*

RECHERCHE DESIGN DES LANTERNES

RECHERCHE POUR LES HABITS TRADITIONNELS DES HABITANTS DE L'ÎLE

RECHERCHE DE DÉCOR

PREMIÈRES PISTES DE COUVERTURE

STORYBOARD DU CHAPITRE 4